나
에
게 묻
나 는
의 안
부

작가마을 시인선 60

나에게 묻는 나의 안부

© 2023 이명희

초판인쇄 | 2023년 9월 5일
초판발행 | 2023년 9월 10일

지 은 이 | 이명희
펴 낸 이 | 배재경
펴 낸 곳 | 도서출판 작가마을
등   록 | 제 2002-000012호
주   소 | 부산광역시 중구 대청로 141번길 15-1 대륙빌딩 301호
           서울시 도봉구 도당로 82(방학1동, 방학사진관 3층)
           T. 051)248-4145, 2598 F. 051)248-0723 E. seepoet@hanmail.net

ISBN 979-11-5606-230-1 03810 정가 10,000원

※ 본 도서는 2023년 부산광역시, 부산문화재단 '부산문화예술지원사업'으로 지원을 받았습니다.

작가마을 시인선 60

나에게 묻는 나의 안부

이명희 시집

 도서출판
작가마을

自書

나에게 내 안부를 물을 만큼 많은 세월이 흘렀다.

그동안 많은 일을 하고 살았던 것 같은데 돌아보니 아무것도 한 일이 없는 것처럼 느껴진다.

이번 생生이 비록 맑고 흐릴지라도 그것 또한 어찌 하겠나.

내 그림자는 내가 만드는 것을.

내가 이름을 부르는 모든 생명에게 고마움을 전한다.

2023. 가을

이명희

작
가
마
을
시
인
선
60

제2부

제3부

제 1부

복어는 볼록거린다

내장처럼 은밀하게 숨은
골목집에서 복국을 먹는다.
바다는 탁자를 펴고 뜨끈하게 담겼다.
반짝거리는 숟가락으로
저녁을 퍼 올리면
복어는 국물 속에서 볼록거린다.

뱃속에 새파랗게 가두었던
무기를 풀고
복어는 유순한 고기가 되었다.
사람이 사람을 위협하고
고기가 고기를 위협하고
고기가 사람을 위협하는
이 뼈다귀 같은 세상에
반찬 없이 밥을 먹는다.

꿈에서, 복어는 헤엄쳐 다닌다.
내 몸속을 걸어 다닌다.
탱탱하게 부어오른 내 독의 언저리를
꼬리치며 헤엄쳐 다닌다.

3월 31일

내일은 만우절이다.
나는 거짓말을 할 예정인데
거짓말 같지 않은 거짓말로
나를 우선 속여보고
어제보다 행복할 계획이다.

그릇 속에 빠진 식은 수제비같이
질척이는 근심과
그대의 부고 앞에
주저앉았던
어느 봄날의 서늘했던 기억,

세상 어느 가장자리에 닿으면
희망이 마음 끝에서 박살 나지 않을까.

고개를 가로저어
부정하고 싶은 모든 것들에 대하여
내일 나는 그런 게 아니었다고
잊어 볼 계획이다.

흰 우유에 대한 믿음

마트 앞에서
상추와 쪽파를 파는 할머니 두 사람
200미리 흰 우유 곽을 들고
한 사람은 권하고
한 사람은 사양을 하고
그렇게 오랫동안 마음을 나누었다.
시간을 놓친 끼니의 허기가
좌판에 놓이고
드디어
한 모금 깊은 우유의 향기
노쇠한 목젖을 타고 흐를 때
두 사람은 행복하게 웃었다.

지나가는 소가 웃는다

어른이 되고
'소가 웃는다'
라는 말을 처음 들었다.
지나가는 소가 웃다니
풀을 먹는 소도 아니고
죽은 소도 아니고
웃는 소라니.

나는 여물 먹는 소처럼
생각을 오래 입에 물고 있었는데
왼편의 길로 또는 골목길로
웃는 소가 지나가는 것을 보았다.
할머니 말씀이 옳았던 것이다.

소는 웃고 사람은 울고
대문을 걸어 두어도
마음은 집을 들락거리고

어른이 되고
소가 웃는다는 것을
이제 믿게 되었다.

〉

지나가는 내 인생에게
소도 웃고
개도 웃고
나도 웃는다.

저물어가는 아버지

인두에 덴 화상 자국처럼
불현듯 아버지가 생각나곤 했다.
그럴 때마다 숨이 쉬어지지 않았다.

아무도 알 수 없는
깊은 수렁으로 빠진 아버지
저물어가는 아버지,
햇빛이 들지 않는 침상의 시간만이
아버지를 지키고 있는데

무기력한 감정들이 걸을 때마다
마른 풀처럼 건조하게 바스락거렸다.

때때로
방향이 없는 길 위에서
이름을 찾지 못한
울음이 터지곤 했다.

귀에서 소리가 난다

귀에서 소리가 난다.
꿈을 꾸지도 못하고 잠이 흩어졌다.
'달팽이관과 고막은 아무 이상이 없고'
의사는 귓구멍을 둘러보고 건조하게 말했다.
'귀 안에 소리가 나요. 안 들리나요.'
나는 마른 침을 삼키며 혼잣말을 하였다.
손바닥에 알약을 쥐고
무심한 병원을 바라보았다.

계단을 올라서 다른 의사를 만났다.
'조용히 있으면 소리가 아주 잘 들려요.'
주사를 한 대 맞고 거리로 나와 걸었다.
얼굴 없는 소리들이
귀 안에서 바스락거려도 아무도 몰랐다.
다만 나는 그것이 조금 쓸쓸해졌다.

다리를 접고 의자에 앉아
윙윙대는 책을 읽고 윙윙거리는 전화를 받았다.
내 귓속말은 잠식당하고
그대의 노래가 이제 낮은 탄식이 되어도
아무도 모르는 수상한 주파수,
나는 나방처럼 걸렸다.

그림자만 보인다

법원으로 가는 호송차는 사람이 보이지 않는다.
그대의 얼굴을 기억하지 않도록
창문마다 촘촘히 심어진 창살,
세상은
세상을 참아내는 사람과
감옥을 참아내는 사람으로
분별력 없이 나누어지고

우리가 생각 없이 세상에 스민 것처럼
그대의 죄도 무슨 생각이 있어
그대를 결박하는 것이 아닐 것이다.

거꾸로 흔들면,
바닥이 주둥이가 되는 물병을 들고
우리는 너무 오래 시비를 거는 것은 아닐까.
그대의 무릎뼈를 지나는 슬픔을
너무 오래 앉혀버린 것은 아닐까.

법원으로 가는 호송차는 사람이 보이지 않는다.
사람의 그림자만 보인다.

생生은 언제나

도장밥을 찍어 내 이름을 종이에 바른다.
나는 순교자처럼 생生에 엎드려 묵상한다.
삶은 언제나 거룩하게, 또는 장렬하게
굴러 떨어졌다.
살아있다는 나의 전보는 그러므로 거짓말이다.

게걸음으로 햇빛이 왔다.
늦은 오후는
허무한 맹세로 수선스럽고
우리가 지나갔던 마을은 안녕하신지
나무 옆에 묶어두었던 비루한 개 한 마리
그대도 안녕하신지
속절없는 인사만 가득하다.

도장밥을 찍어
날마다 이름 석 자의 유서를 쓴다.

꿈을 팔다

꿈을 팔았다.
산불이 뒷산에 훨훨 날아다니는 꿈,
꿈속에서 나는 무서웠는데
소원이 있던 Y는
내게 돈을 주고 꿈을 샀다.
꿈을 팔아도
기억 속에서 산불은 잡히지 않았고
Y의 소원도 그대로 남아 있었다.

원만한 거래가 이루어진 것처럼
오늘 아침 눈을 뜨고
습관처럼 세수를 했다.
살아 집으로 돌아오는 저녁이 있을지
의심이 되는 일이었지만
인사를 하고 집을 나서다.

길가에 핀 꽃들
내가 이름을 모르는 꽃들,
길의 내밀한 속성에 맞추어
뿌리와 잎을 내리고

어제도 죽고
오늘도 죽고
사람이 날마다 죽는
뉴스를 보고 잠이 들었다.

나의 마음도 어제보다 사납다

개들이 지나간 자리에는
묽은 오줌의 흔적이 남아 있고
방금 머리를 감은 여자가
젖은 머리로 출근을 한다.

두 마리의 개는
주인의 손에 이끌려 산책을 하고
바람을 향하여
지나가는 여자의 손에 쥐어진
검은 비닐봉지를 향하여
맹렬하게 짖기 시작하였다.

짖어라 그리고 짖어라
그들의 주인은
줄을 풀어주며
빙글빙글 원을 돌 듯 걸어갔다.

꽃나무가 바람에 후드득 꽃잎을 보내고
성난 개는 골목이 끝나는 지점까지
사납게 짖어대고

나의 마음도
어제보다 사납다.

불수의적

아이는 누워서 침을 뱉었다.
걸어 다니지도 못하고
머리를 벽에 찧어 피가 흐르는,
마음이 마음을 감당하지 못하는
그 세상을 향해
침을 뱉었다.

어머니, 당신이 울음을 터트려도 나는 내 얼굴을 내 팔
다리를 내 의지로 단정하게 두지 못하고 나를 찌릅니다.

아이의 물어뜯은 입술이 입원했던 병원 이름을 말하고
아픔은 병원 복도 끝에서 아이의 몸으로 날아와 아직 퍼
덕이고 있었다.

오월은 화분 위에 꽃을 올리고 잎을 보낸다.
죽일 놈의 꽃밭
생각이 있다면 생각을 한다면
이렇게 아름다운 오월은 너무 잔인한 일임을

햇빛 속으로 걸어 나오며
내 가증스러움은 눈물이었다.

글자가 다르게 보인다

글자가 다르게 보인다.
거르지 않은 생각이
자음과 모음의 조합을 흔들어
생각이 생강이 되고
정신이 정선이 되고
그대가 그래가 되는
내 의지와 무관한
혼돈의 퍼즐

미치는 것은 마치는 것이고
마치는 것은 내가 미치는 것이다.

그냥 그렇게 되었다.
그렇다고 지금 죽는 것은 아니므로
웃기로 했다 울기가 아닌
웃어 버리기.

기대하지 않은 일

얻은 호박씨 몇 알을 뿌려두고
새가 와서 먹어도 좋고
설마 열겠나, 호박
기대하지 않았다.

때때로 모든 것은
어수룩한 짐작과 판단의 허를 찌른다.

유월이 되자
노란 꽃들이
담장을 타고 가득 피어오르더니
연두색 작은 호박
진짜 달렸다.
새가 와서 먹어도 좋을
씨앗은 아니었던 것일까.
엄지만한 몸을 흙바닥에 눕히고
햇빛의 힘을 빌려
날마다 동글동글해졌다.

어제나 오늘이나
그날이 또 그날 같은 시간 속에서

어느 행성의 별 같은 노란 호박꽃

세상이 참 환하다.

청춘은 멈추었고

청춘은 멈추었고
나는 아침저녁으로 늙고 있다.
나의 안부를 나에게 묻는
이제는 이상하지도 않은 시간에 앉아
생각은 겨울 들녘처럼 건조하고
자주 고장이 나는 손발과
흐린 눈동자

늙는다는 것은
버스정류장에 무거운 짐을 내리고
걸어가야 할 방향을 오랫동안 바라보는 것
잠시 가늠이 안 되고
잠시 걱정이 되지만
그래도 가야 할 집이 있으니
무거운 짐을 껴안고
넘어지지 않도록, 천천히 걸어가야 하는 일

청춘이 내게 무엇이었는지
그대가 나에게 묻고
오랜 시간 나는 울었다.
손가락 사이로 햇빛이 생각 없이 빠져나가듯

나는 나의 젊은 목숨을
생각 없이 하대하였으므로
해 저무는 저녁 시간,
성난 개가 내 정신을 물어뜯어도
입을 다물고 견뎌야 한다.

청춘은 박살이 났고
강변역을 지나는 기차처럼
이제는 익숙해야 할 내 그림자의 자국들
늙음은 서둘러 내 풍경이 되었다.

나비는 날아가지 않고

'골굴사'에서 검은 나비 떼를 만났다.
나비는 날아가지 않고
구름덩이처럼 둥둥 떠다녔다.
사람들이 나비 안으로 들어갔다.
나비는 날아가기를 잊고
무릎 위에서도 날고
어깨 위에서도 날았다.

사람들은 길 위에서 길을 잃었다.
그늘 속에서 은색의 자동차가
나비의 방향으로 달려왔다.

나비는 꽃잎처럼 바닥으로 가라앉았지만
날아가지는 않았다.
날아가지 않는 나비 안으로
사람들이 날아갔다.
부처님 마당에 나비와 사람이
슬픔처럼 퍼덕였다.

* 골굴사: 경주에 있는 사찰

p의 밥

P는 상갓집에서
아무것도 먹지 않는다.
물도 마시지 않고
작은 오렌지 조각도 먹지 않는다.
죽은 이에게 엎드려 절을 하고
마주 앉은 사람이
뜨거운 국물에 이승의 밥을 먹을 때
그냥 웃고 앉아 있다.

상갓집에서 밥을 먹지 않는 것에 대하여
p가 우리의 동의를 구할 일은 아니었지만
p 자신도 설명하지 못하는
강력한 거부에 대하여
내심 궁금하고 이상하기는 했다.

p와 바닷가 근처에서 저녁을 먹었다.
살아있는 우리들의 만찬,
상갓집에서도 밥을 먹는 나는
이승과 저승으로 수저질을 하며
세상을 기웃거렸다.

어느 날

두 대의 자동차가 옆구리와 머리를 맞대고 있었다. 핸들을 놓고 두 남자가 싸우고 있고 슬리퍼를 질질 끌고 나온 나는 자정이 드르륵 넘어가는 문지방에 앉아 도로에 발을 붙인 바퀴를 손가락으로 슬슬 밀어보았다. 날카로운 비명으로 불려 나온 사람들이 저마다 낮은 혓바닥으로 사소한 근심을 두드리고 달빛같이 부서진 조각들이 바람에 뒹굴었는데 대문이 덜컥 닫히는 소리가 들렸다. 한 남자가 담배를 피워 물고 거리에 마른기침을 뱉었다. 오가지 못하는 그의 약속들이 길바닥에 굴러다니고 사람들은 경적을 울리며 달려 가버렸다.

자리에 누워도 두 남자의 빠른 말소리가 담벼락을 타고 넘어왔다. 나는 이부자리를 끌어올리며 그들의 원만한 귀가를 빌었다. 스르르 얕은 잠이 들 무렵 내 오른발에 갑작스런 쥐가 물리고 나는 숨을 쉬지도 못하고 버둥거렸다. 두 대의 자동차가 컴퓨터의 커서처럼 몸을 껌뻑거리며 나를 바라보고 있었다.

버스 안에서

버스 앞자리에 앉은, 빨간 매니큐어를 바른 여자가 화투를 뿌리고 있다.

휴대폰에서 새가 날고 영감님이 무심히 서 있는 풍경을, 버스를 오르내리는 사람들이 흘깃흘깃 보고 희미하게 웃었다.

내게는 피같이 붉은 매니큐어의 손톱도 가질 수 없는 용기이고 누군가의 안방 담요 위에서 미끄러질 화투장이 버스 안에서 좌르륵 펴지는 것도 재미있는 일로 여겨졌다.

버스정류장을 지나고 또 지나도 승부는 끝이 나지 않았는데 여자는 고개도 들지 않고 화투를 쳤다.

어디로 가는지, 어디쯤에서 손바닥을 접고 내릴 것인지 나는 여자의 여정이 무척 궁금하게 여겨졌는데 여자는 누구에게도 눈길 한번 주지 않았다.

흔들리는 버스 안에서 화투를 치는 여자가 몹시 외로워 보이는 오후였다.

이름이 흔들렸다

조팝나무인지 이팝나무인지
봄이 되면 이름이 구별되지 않았다.
친절한 구청에서 명찰을 단 나무들은
조팝이나 이팝으로 바르게 불렸지만
흰 쌀밥 같은
봄날의 꽃나무를 지나가면
늘 이팝인지 조팝인지
이름이 흔들렸다.

사람들이 꽃이 떨어지는
나무 밑을 걸어간다.
저녁에 집에 와서야
이팝나무 밑을 걸어간 것을 알았다.
의심스러운 세상,
나무의 이름이 꽃잎처럼
나부껴 흔들리다.

모든 것을 버렸다

읽은 책과
읽지 않은 책을 쌓아둔
책장이 기울기 시작했다.
평편했던 바닥이 둥글게 휘어지면서
내가 배웠던 역사와 인간의 일들이
균형을 잃었다.

생각을 하지 않고
책을 읽고 책을 샀다.
방안 가득히 허울 좋은 제목이 줄을 서고
알량한 지식은
거짓말을 하는데 유용하게 사용되었다.

책의 무게를 덜어내기 위해서
문밖으로 책을 버리기 시작하였다.
바닥에 떨어진 책들은
종이의 이름으로 수거되고
행간을 잃어버린 글자들이
먼지를 내며 풀썩 떨어졌다.

바닥이 둥글게 기울어진 책장을 버렸다.
모든 것을 버린 날이었다.

해연 씨는 교회로 간다

해연 씨는 교회로 간다.
해가 질 때나 해가 뜬 아침,
내가 물을 적 그 어느 때라도
그녀는 교회로 간다.

불안한 이층,
철쭉나무를 끼고 혜연 씨가
계단을 내려오거나 혹은 올라가면
부엌 창문에 눈을 대고
그녀의 불편한 몸은 나도 불편하다.

목욕탕에서 혜연 씨를 만났다.
사람들이 몰래몰래 비누칠하는 그녀를 훔쳐보고
샤워하는 그녀를 훔쳐보고
잠시 위로하는 듯 걱정하는 듯
구경했다.

젖은 머리로 혜연 씨는 교회로 간다.
교회로 가기 위해
키 작은 철쭉나무가 있는
불안한 이층집에 이사를 와서

불안한 걸음으로 교회로 간다.

사랑이 많으신 하나님,
나는 하나님 사랑이 불안하다.

옷을 입은 작은 개들이

옷을 입은 작은 개들이 따라온다.
분홍색으로 털도 염색하고
신발도 신었다.
나무 둥치에 오줌을 갈기며
개들은 산책길을 점령했다.
울타리 쪽으로 비실비실 밀려나는
사람들이 개털을 털어내고
아이가 울음을 터뜨렸다.

개가 주인을 데리고 간다.
신발 신은 개를 따라서
사람이 펄쩍펄쩍 뛰어다니고
웃음을 꼬리처럼 말아 올린다.

나무 밑에서 가을이
컹컹, 떨어지고 있었다.

제2부

심청에게 편지를 쓰다

푸른 바닷물에 생을 거꾸로 빠뜨리고
연꽃이 되어 돌아오다니
돌아가신 우리 작은아버지 웃으실 일이다.

이층 위에 삼층, 삼층 위에 사층
도시락 같은 집을 올리고
배꼽 안이라도 잠수하고 싶은
지구의 우울한 인간들에게
심청은 왕비님 되시고
아버지 눈뜨시고
오, 이렇게 너그러운 삶이라니

청이가 내 목에 걸렸다.
물을 마셔도
목구멍에서 날카롭게 걸렸다.

주먹으로 제 가슴을 치는
지구의 상심한 인간들에게
심청은 너무나 재수가 좋았던 것이다.

그 어여쁜 여자

죽은 사람에게 옷을 입히고
죽은 사람에게 이야기를 하고
죽은 그의 찬 손을 깨끗이 닦는
여자를 만났다.
그 어여쁜 여자,
고슬고슬한 밥을 먹으며
나를 보고 환하게 웃었다.
밥보다 흰 여자의 치아
맹물을 마시며 나는 속절없이 아팠다.

죽음이 무섭지도 않고
주검이 무섭지도 않고
그 어여쁜 여자가 사랑을 할 때

나는 무덤 같은 집에 앉아서
까닭 없이 죽어 넘어진 나를 보았던 것이다.

함께 아침을 걷다

 비가 오는데 교복을 입은 그 남학생은 우산도 없이 걸어갔다. 뛰지도 않고 우산을 쓴 사람들 사이에서 비를 맞으며 길을 걸어갔다. 잠시 전 버스에서 같이 내린 인연도 있고 비가, 너무 많이 오고 있었기에 그를 불렀다. 여기에 오라고.

 고맙게도, 거절되지 않은 나의 호의가 반영되어 우리는 함께 아침을 걸어갔다. 비가 너무 많이 오네. 혼잣말로 나는 중얼거리고 우산 아래로 후드득 떨어지는 비를 보며 나의 동행은 고개를 끄덕이면서도 말은 하지 않았다.

 새로 산 장화를 신었고 알맞게 비를 가려 줄 우산도 있고 그리 나쁘지 않은 인생이었지만 나는 우산을 나눠 쓰고 가는 그의 시간이 잠시 궁금하고 부러웠다.

 비를 맞고 가거나 아니면 박쥐 같은 날개의 우산을 나눠 쓰고 가도 내일이면 찬란하고 기대할 수 있는 희망이 있지 않을까 그렇지 않을까.

 고맙다는 인사를 하고 그 아이는 학교로 뛰어갔다.

 비가 잠시 그칠 듯 하다가 다시 내리기 시작하였다.

시간이 되었다

텔레비전에서 헌 시계를 고치는 남자를 보았다. 시간이 무더기로 좁은 방안에 자리를 잡고 벽에 붙거나 나란히 줄을 서서 지나가고 있었다. 길가에 버려졌던 낡은 시계들이 남자의 손끝에서 심장을 두드리며 시간이 되었다. 자루처럼 늘어진 괘종시계 앞에 주둥이가 노란 플라스틱 오리가 꽥꽥 울었다.

시계는 묵은 장아찌처럼 하나씩 뽑혀나갔다. 꼬마 병정이 아침 나발을 불면서 이웃 할머니네로 건너가고 경로당에는 제일 큰 숫자를 가진 시계가 선물이 되었다.

남자는 그다음 날에도 시계를 고쳤다. 좁은 방이 툴툴거리며 넘쳐나도 낡은 시침과 분침의 시간을 갈아 끼우는 그의 작업은 계속되었다.

시간이 그의 호주머니에서 물고기처럼 미끄러졌다.

산다는 것

지렁이처럼 무참히 밟히지도 않고
산비탈 나무처럼
뿌리째 뽑히지는 않지만
사람으로 살아가는 것은
밟히는 지렁이보다,
뿌리째 뽑힌 나무보다
죄가 무겁다.

아파트가 내게 온다

건널목에 서 있으면
아파트가 내게 온다.
평당 OO예요,
알바 아줌마는 물티슈를 내밀며 속삭이고
나는 아파트보다 물티슈가 적절한 형편이라
고개를 끄덕이며,
매물에 관심이 있는 여자처럼 웃는다.
주머니에 납작하게 젖은 물티슈를 담고
건너편 세상으로 횡단을 한다.
차들은 일제히 정거하고
내 목숨은 몇 분 동안 법적으로 안전한 것처럼 보인다.

뒤돌아보니
알바 아줌마는 부지런히 전단지와 물티슈를 나눠 준다.
아이와 노인은 전단지도 물티슈도 받지 못하고
푸른 신호등을 기다리며 서 있다.

길가 휴지통,
전망 좋고 평수 넓은 집이 넘치고
내가 기다리는 버스는
어디쯤 굴러오고 있는지,

나는 기력 없는 노인처럼
따뜻한 방이 그립고
나른하였다.

고양이 밥

고양이에게
밥을 주고 물을 주는 그 여자를 만났다.
두부를 담았던 사각의 플라스틱 그릇
아파트 담벽을 따라 부처님 행차시다.

고양이 밥이 빗물에 잠긴다.
고양이들은 젖은 밥을 피해 달아나버리고
여자는 아침 길에 없다.

아이가 학교로 간다.
우산 끝으로 고양이 밥그릇이 슬쩍 미끄러진다.
빗물에 오종종한 고양이 밥이 굴러다니고
젖은 고양이 목숨 끝으로
빗물이 떨어지고 있었다.

이해하기로 한 일

주문한 만 원짜리 파전,
밀가루 사이사이
시든 쪽파가 열을 맞추며 누워 있고
우리가 즐겼던 오징어와 붉은 고추
바삭한 간지러움은 없다, 정말 없다.
만 원은 욕심이었고 비겁하였고 그리고 웃겼다.
시든 쪽파를 간장에 찍어
빈 젓가락질로 허기를 깨작거릴 때
마당에 핀 맨드라미,
화분에 괭이밥 꽃
흐드러지게 담겨있었다.

우리의 어느 하루,
햇빛 가득한 여름날
사람의 인심은 볼품없이 접시에 누워 있고
바람은 넉넉하게 불었다.

우리는 꽃밭을 중얼거리며
사람의 일을 이해하기로 마음먹었다.

거짓부렁 내 생존

마당 비질을 위하여
목장갑을 낀 순간
손가락을 찌르는 고통이 왔다.
빨간 대가리를 감추는 지네 한 마리
지네는 장갑 안으로 숨어들고
나는 녀석의 주검을 위하여 꼬챙이를 찔렀다.
땅바닥에 툭 떨어지는 징그러운 짐승
매끄럽게 도망가는 지네의 곡선
죽어라
빗자루로 놈의 퇴로를 막고
살생은 허접한 제목을 달고 거행되었다.

마당의 오후
참형의 시간이 누워 있는 공간으로
습한 바람이 불어오고
이웃집 얼굴이 인사를 보냈다.
별일 없지요, 잘 있어요?
나는 환하게 웃으며 고개를 끄덕였다.
죽음이 별일이 아니고
그냥, 살아있음이
잘 있다는 안부가 되는
거짓부렁 내 생존.

기다리지 않아도 봄은 오고

어제는 아름다운 여배우가 죽었다.
그녀의 깊은 눈동자,
캄캄한 밤이 되어도 눈을 감지 못하고
서늘한 꿈자리 서성거리는데
꽃잎은 밤새 눈처럼 내렸다.

태풍에 떨어진 사과
부족한 햇빛의 무게로 푸른 풀 맛이 난다.

아이가 속삭인다.
잇몸에 돋아나는 하얀 이처럼
기다리지 않아도 봄은 오고
또 그렇게 살아가면 되는 거라고.

그냥 피었다

아침에 보니
비 오는 마당에 노랗게 수련이 피었다.
거실 창으로 노란 수련을 바라보며
예쁘다, 해 주시던 아버지는
빗물처럼 흘러가 버렸는데
오월이 되고 꽃은 피었다.

아버지는
어디로 가신 것일까.

어제는 이해가 되었고
오늘은 슬픔만이 이해되었다.

비가 오고
빗소리가 종일
아버지의 안부처럼 들려왔다.

수련이 피었다.
그냥 피었다.

주소가 바뀌었다

내가 사는 나라에 주소가 바뀌었다.
길 위에 흐르는
낯선 번호의 정렬에 잠시 어깨를 흔들어본다.
고여 있던 내 삶이
우체통 속으로 후르르 미끄러진다.

그대에게 발송한 남루한 내 사랑은
이제 돌아오지 못한다.
가볍게 농담을 걸듯
내 발자국은 자꾸 허방으로 빠진다.

실핏줄 같은 또는 거미줄 같은 골목,
나는 새로운 수감번호로 감금되었다.

강물 앞에 서다

노루가 죽어있는 고속도로를 달렸다.
눈을 잠시 감고
노루의 순한 피를 위로하는 사이
창밖의 자작나무
내리는 눈처럼 눈부셨다.

강물이 가만가만 눈에 익었다.
스무 해 전 그 강변의 나무들
여자는 늙어서 그 자리로 돌아와
뱅글뱅글 맴돌고
길은 거미줄처럼 풀어져 방향을 잃었다.

살아있음은 다행한 일,
또는 모질고 질긴 덩굴 같은 것

기억은 모서리가 없어
나를 찌르는 세월을 용서한다 해도
봄나물처럼 잠시 살다간 그리운 그대,
하늘 아래
사람 하나 오래 서 있다.

나는 모르겠다

머리카락이 빠진다.
바닥에 기어 다니는 '쓸모없어진'
내 생각의 겉옷,
바닥에 실뱀처럼 미끄러진다.

나무는 잎을 떨어내며
나무의 깊이를 마음에 두는데
나는 그림자 없는 생각만 흔들다가
부질없이 떠돌기만 하였다.

개미가 지렁이를 먹는 거리,
물웅덩이 옆에서 개미 떼들은
즐겁게 새까맣고
나는 지렁이처럼 발길을 휘어서 걸었다

살아가는 일이,
내게 희망인가
절망인가
나는 정말 모르겠다.

어쩌지도 못하는 것을

여행을 가기로 한 날부터 일기예보는 날마다 바뀌었다. 흐리고 비가 왔다가 가끔은 햇빛의 그림이 보이곤 했다. 뭐 어쩌지도 못하면서 날씨 속으로 날마다 들락거리며 우산을 폈다가 양산을 폈다가 비에 젖는 생각을 하기도 했다.

내가 하는 짓이 대체적으로 그러하였다.

어쩌지도 못하는 일에 화를 내거나 머리를 처박고 깊이 절망하는 시간에 묻혀서 사흘 내내 피로한 일상을 허우적거리며 사는 것, 그렇게 나이가 든 사람이 나였던 것이다.

그래서 예쁜 세월이 없었고 그래서 다정한 사람이 되지 못하였던 것이다.

어쩌지도 못하는 것을 왜 어쩐다고 마음에 생채기를 내고 마음을 개처럼 끌고 길을 나섰단 말인가.

일기예보는 예보일 뿐이고 또 천둥이 치고 비가 온다 한들 내가, 어떻게 할 수 있는 일은 없는 것이다.

인생의 수두룩한 날들을 지붕을 보고 짖는 개처럼 살았던 것이다.

내 가방은 늘 무겁다

내 가방은 늘 무겁다.
그래서 등에 메는 가방이다.
여름이면 우산이 담길 때도 있고
양산이 담길 때도 있는데
꺼내보지도 못하고
집으로 올 때도 있다.

K는 필요한 물건이 있으면
나에게 물어보고는 웃는다.
있을 줄 알았다고
내 가방은 K의 가방도 되는 셈이다

불안한 생각을 등에 메고
길을 걷는다.
생각은 납작하고 바람이 빠지고

발걸음 뒤편에서
나를 데리고 가는 누군가 있다.

비가 온다고 그랬다

비가 온다고 그랬다.
하늘도 비를 내릴 듯 했고
바람의 감촉은
비의 비린내를 품고 눅눅했다.
집을 나설 때만 해도
비는 온전히 내리는 약속이었다.

하루를 기웃거리며 걸었다.
나뭇잎들이 펄럭거릴 때마다,
이제 곧 우산을 풀고
빗방울이 와자하게 웃는
풍경을 구경하게 되리라
자전거를 타고 가는 저 아이는
이제 집으로 돌아가야 되리라.

일기예보도 비가 온다고 했는데
하늘은 물기 없이 차츰 개운해졌다.
햇빛 속에서, 울다 온 사람처럼
푸른 우산의 손잡이가 솟아올랐다.
일기예보도 그랬다.

비릿한 비의 비린내가 그랬다
오늘은 비가 온다고 정말 그랬는데.

달래가 좋다

달래와 풀을 구별하기 위해서
그림책을 열심히 들여다보고
드디어 달래를 구별할 수 있게 되었다.
양념장에 오종종하니 달래가 동동 떠 있으면
요리에 대한 예의를 다한 것 같아
언제나 달래가 필요했다.
들과 밭을 지나면
운수가 좋은 날에는
야생 달래가 간혹 보이곤 했는데
손으로 달래를 뽑으면
언제나 하얀 머리통은 남기고
줄기만 손에 뽑혔다.

온전하지 못한 채집을 끝내고
집으로 돌아오면
푸른 달래의 향기가 손바닥에 남아 있는
짧은 봄날의 소품,
달래가 봄이다.

햇빛에 손을 높이 올리고

손과 발이 차갑습니다.
햇빛에 손을 높이 올리고 비벼보아도
내 혈액은 정거장에 둘러앉아
쉬이 흘러 다니기를 잊습니다.

부질없는 사랑이 그대를 주저앉게 할 때
더운 가슴으로 울어주지 못한
시시한 내 우정도 저만치 멈춰버리고
세월의 깊이를 가늠하며
스스로 거리를 두고 선 나무처럼
너무 오랫동안 행복하지 않았습니다.

발자국을 꾹꾹 누르며 시간을 걸어 다닙니다
온기 없이 수군거리는 겨울 길이
지하로 가볍게 떨어집니다.

겨우내 습자지처럼 불안했던
따뜻한 희망,
긴 낭하 끝에서
지금 일어서고 있습니다.

그렇게 생生을

'명태 대가리 부침'을 판다
나는 머리를 들어
글자를 맛있게 바라보았다.
대가리가 부침개처럼 번철에 구워진다.

명태는 선술집에서
아작아작, 생이 씹힐 때까지
대가리까지 불에 올리고
그렇게 생을 살다 간 것이다

제3부

바다로 간다

바다가 보이는 창가에 앉아서 말씀이 되는 풍경을 듣는
다. 나무는 바다에 기대고, 스스로 파도가 되는 생의 나
른함이 무릎을 넘어올 때 버스는 손금처럼 길이 훤하다.

봄날의 길이를 벽에 그어두고 여자들이 상추를 걷어낸
다. 바닷길로 걸어가는 그대가 밭둑에 잠시 앉아본다면
가만가만 들려오는 바다 이야기를 먼저 들을지도 모른다.

버스는 바다 옆으로 바다와 같이 달린다. 마을을 지나
서 파밭을 지나서 물렁물렁한 바퀴자국을 내며 바닷길을
지난다. 사람 사는 마을에 위로가 되는 길이 있다.

불안한 여자

문을 잠그고 늘 문을 열어 본다.
찰칵, 잠금쇠 닫히는 소리가
공기 속에 흩어져도
손잡이를 당겨보는 의심병 환자.

버스를 기다리며 차비를 만져본다.
부끄러운 구경 당하지 않게
알맞은 기름값을 쥐고 있어야
안심이 되는 불안증 환자.

불길한 예감이
봄날처럼 번질까 봐,
마음을 쓸어내리고
기쁨은 습자지처럼 얄팍하여
믿을 수가 없다.

지하를 핥으며 꼬리를 감추는
시궁쥐는 나를 닮았다.

그녀가 내게 말을 걸었다

할머니가 내게 말을 걸었다. 이 옷은 중국산 모시로 내가 만들어 입은 거야. 국산 모시는 워낙 비싸서 말이지. 재봉틀로 잠시만 드르륵 박으면 내 마음에 드는 옷이 생기니까. 바지도 물론 내가 만들어 입었지. 10년도 지난 거야. 이 고무신? 하하하 남자 고무신이 훨씬 편해. 연골이 다 닳은 무릎을 두드리며 노인은 병원 바닥에 웃음을 쏟았다. 할머니는 생전 처음 만난 나에게, 남편이 바람을 피워서 힘들었던 지난 세월을 들려준다. 나는, 그렇군요. 정말 그랬겠어요. 어떻게 참으셨어요, 하며 매끄럽게 닦아 신은 고무신을 바라보았다. 연골이 다 닳아서 걸음을 걷기가 힘들지만 내일 친정아버지 제삿날에 절을 하려면 주사를 맞아야 갈 수 있다는 이야기를 나는 가벼운 귀로 듣고 앉아 있었다.

사람들이 번갈아 가며 자리를 비우고 노인이 진료실로 들어갈 때까지 나는 너무 많은 한 여자의 비밀을 알아버렸다. 중국산 모시를 재봉틀에 들들 박으며 눈물을 가둬버린 여자는 이제 너무 나이가 들어서 걸음을 옮기기가 힘겹고 나는 봇물처럼 터져버린 그녀의 눈물로 무릎이 젖어서 병원을 빠져 나왔다. 내 몸에서 숨어있던 이야기들이 나무 위로 기어오르기 시작했다.

다정한 그 누가 찾아오면 좋으련만

아이들은 방구석에서 비밀처럼 자라고
그대 안부는
선인장처럼 뾰족하게 마음을 찔렀다.

세상이 둥글다 해도
닿지 못할 그리움은 문 앞에 있고
햇빛은 감금되고 부서져
길은 나서지도 못하고 주저앉았다

용서하시길,
무엇이 어디로부터 그 정의를 잃었는지
부고를 듣고도 울지 못하였다.
부디 그런 나를 용서하시길.

살아있는 이름을 위하여
내 기도는 맑고 흐릴지라도
가을이 오고 겨울이 오면
아침저녁으로 다정한
그 누가 찾아오면 좋으련만.

풍경

횡단보도 앞에서 발걸음을 멈춘다. 우리들의 일정한 목표는 초록색 신호등을 기다리는 것이다. 교복을 입은 여학생들이 참새처럼 재재거리고 노인의 무거운 짐이 잠시 놓이는 보도블록, 도로를 달리는 차들의 바퀴 밑으로 가벼운 먼지가 뒹굴었다.

푸른 페인트 통을 실은 자전거가 섰다. 그대의 집이 어디인지 몰라도 안녕하시길. 신호등이 바뀌고 차들이 멈췄다. 비틀즈처럼 가로로 사람들이 걷는다. 헤이 정지.

나무 아래로 걸어가는 걸음마다 길이 뱀처럼 휘어졌고 어둠이 간절해질 즈음 저녁이 왔다.

강물을 바라보는 사람

수영강으로 간다.
혼자 의자에 앉아
물끄러미 강물을 바라보는 사람
빗물에 미끄러진 나무 조각
햇빛에 반사되는 과자봉투
강물 위로 날아오르는 물고기
수영강변에 마음을 두고 걸었다.

자전거가 길을 달리고
도로 위에서 차들이 길을 달리고
시간은 어느새 오후
혼자 의자에 앉아
물끄러미 강물을 바라보는 남자의
늙고 굽은 등
그의 퍼런 점퍼 사이로 펄럭이는 강바람

수영강변에 마음을 접고 앉았다.
방향을 가늠하기 어려운 바람이 불었고
나는 오랫동안
강물의 비밀스런 속내를 생각하고 있었다.

까마귀는 춤을 춘 거다

까마귀 떼 보러 울산에 갔다.
하늘이 천천히 어두워지고
사방에서 검은 까마귀 떼
태화강 강물 위로 날아올랐다.
회오리 물결처럼 하늘은 빙글빙글 돌고
수만 마리의 검은 짐승,
내 머리 위에서 생명은 장엄하였다.

살아낸다는 것은 살아있는 목숨들끼리
같은 하늘 위에서
날개를 퍼덕이며 목 놓아 우는 일이거늘

태화강 십 리 대숲
어둠은 밤새 검은 까마귀 울음을 품고 있고
돌아오는 길,
덩실덩실 춤을 추고 싶었다.

두려움을 피하다

비어 있는 그 집
사람이 죽임을 당한,
방이 있는 집
이층 현관으로 오르는 계단이 비에 젖고 있을 때
두려움이 문을 열고 나를 잡았다.

살아있던 사람이
그날 저녁, 죽은 사람이 되었을 때
어제처럼 골목길은 평안하였고
불안한 바람도 불지 않았고
나는 행복한 퇴근 길이었는데

사람이 사람을 죽이고
변질된 사랑이 칼을 겨누고
비린 생선을 구워먹던 부엌이
살인의 흔적으로 번들거릴 때
나는 왜 그렇게 생각 없이 저녁을 먹고
생각 없이 웃었던 것일까.

오동나무 뿌리가 벽을 가른다.
가벼운 고양이 발자국에도

불안한 시간이 지나고
골목길로 어둠이 빠져나간다.

겨울 저녁이었다

신문지를 덮고 누워 있었다.
어쩌면, 죽었는지도 몰라
뒤척이는 어깨를 바라본 뒤에야
나는 광장을 걸어 나왔다.
식은 술병과
그대의 불안한 체온이
발걸음을 따라와
계단을 오르며 흔들거렸다.
그대의 이름 가까이
징검다리처럼 흩어진 사랑도 있을 것인데
찬 바닥 시린 등뼈
희망은 너무 차다.

버스는 달리고
나는 캄캄하게 눈을 감았다.
사람들은 소생한 환자처럼
소리 높여 안부를 주고받았다.
살아있음이 즐겁거나
혹은 가슴 저리는
겨울 저녁에

버스는 잎사귀 없는 나무 옆을
너무 오랫동안 달렸다.

주문을 외웠다

생각하며 살지 말자고 어젯밤 길을 걸으며 마음먹었다. 생각 때문에 인생이 한심하고 생각 때문에 살아있는 내가, 죽은 나보다 가치가 있는 것처럼 느껴지지 않아서 마지막으로 깊은 마음을 먹었다. 지나간 일은 심장을 파먹는 한이 있어도 돌아앉아 기억하지 말고, 눈물이 떨어져도 생각은 허무한 생각은, 하지 말자고 종이에 적었다. 후회하지 말자고 그렇게는 살지 말자고 약속을 걸었다. 발부리가 시퍼렇게 멍이 들어도 걸어가야 했다면 돌아오는 길을 믿어보자고 그렇게 맹세했었다. 구석방에서 혼자 상심해 울더라도 세수한 얼굴처럼 웃어주자고, 내 마음에게 주문을 외웠다.

생각에 약을 바른다

손에 바르는 약
기침에 바르는 약
위로가 되고 상처를 닦는 이름이면
아이들은 약 상자 앞에 비둘기처럼 앉는다.
구구거리며 슬픔을 쪼아 먹고

아버지, 어머니, 누나의 기억이
무너지는 낡은 집처럼 스러질까봐
생각에 약을 바른다.

그런 날이면
나는 너무 배가 고파서
밥을 먹으면서도 아이 몰래 운다.

고속버스에서 건빵 먹기

식욕은 눈을 반짝였으나 조용했다.
건빵은 입속에서 제 성질을 죽이며
알맞게 풀어졌다.
작은 패트의 녹차를 마셔가면서
품위는 지켜져야 한다,
조용한 저녁밥이었다.

냉이 꽃이 피었다

3월인데 벌써 냉이 꽃이 하얗게 피었다.
'나의 모든 것을 바칩니다'
냉이 꽃의 꽃말은 너무 일찍 개화해버렸다.
모든 것을 바쳐 냉이는 꽃이 되고
내게는 바칠 것이 아무것도 없는데
오늘도 무엇을 위해
나는 살아있는 것일까.

그 집

비파 열매가 노랗게 익으면
지나가는 사람들이 손을 뻗어 하나씩 따 갔다.
그 집 앞을 지날 때면
몇 개의 비파가 무심한 손길로 거두어졌는지,
남아 있는 비파를 헤아려 보기도 했다.
골목길을 지나는 내 마음에는
노란 비파가
건넌방에 남아 있는 손님처럼
마음이 쓰였던 것이다.

겨울이 되자 화분에 담긴 귤나무에
노란 귤이 조롱조롱 열렸다.
한 번씩 대문을 밀고 나오는
그 집 주인 내외나 키 큰 아들이
언제쯤 저 새콤한 귤을 수확할 것인지 궁금해졌다.
소쿠리에 넉넉하게 담으면
만 원 정도의 요긴한 간식이 생길 것이지만
내게는 참 서운한 일이 되리라 생각했다.
해가 바뀌고 설날이 지나는 이월에도
노란 귤은 가지에 몸을 붙이고
매달려 있었다.

슬리퍼를 질질 끌며 그 집 앞에서 실실 웃었다
골목을 지나며 담장 너머 휘파람을 날리고 싶었다.

오늘이 몇 월 며칠인가

오늘이 몇 월 며칠인가
아이는 매일 묻는다.
물 묻은 손으로 나는 달력을 본다.
어떤 날은 삼월까지만 겨우 떠오르고
어떤 날은 삼월 며칠까지 생각이 난다.
내일은 또 며칠이 되는가.
아이가 또 묻는다.
내일은 오늘보다 수월하게 이야기해준다.
오늘이 지나면 하루가 더해지니까
또 몇 월 며칠이 되는 거야

아이에게 몇 월 며칠이,
바람 부는 날인지
울고 싶은 날인지
살아 좋은 날인지
고요한 눈을 바라보아도
나는 모른다.

몇 월 며칠이 얼마나 지나면
팔다리가 튼튼해져서
세상 속으로 걸어갈 수 있는지

아이는 날마다 나에게 묻는다.
나는 더듬거리며, 때로 생각하며
몇 월 며칠을 기억해낸다.
내가 모르는 몇 월 며칠의 어떤 얼굴이
아이를 바라보는지,
바보 같은 나는 모른다.

길을 잃었다

대구에 와서 길을 잃었다
포플러 이파리 무성한 나무 밑,
잃어버린 길을 걸었다.

지나가는 사람과
억양이 맞지 않은 말투를 맞대며
시간 안으로 찾아야 할 길은 내게 없었다.

다만
해지기 전 어느 정류장에 닿아서
손금처럼 얽혀버린 길을 풀고 싶었을 뿐이다.

대구에 와서 길을 잃었을 때
낯선 거리를, 낯선 골목을
이정표를 찾아 흘러 다니고 있을 때
지상에서
내가 아는 사람은 없었다.

그네

그네를 타는 청춘의 여자들이
우리를 보고 두 손을 흔들었다.
나이 든 우리들도
두 팔을 높이 들어 흔들었다.
우리와 아름다운 그대들 사이에
마른 풀이 무성한 무덤이 있었고
소나무에 매달린 그넷줄은
이승과 저승을 바람결에 오갔다.

밥을 위하여

밥집에 가니 사람들이 없었다.
창가의 탁자를 차지한 우리들 몇 명만
조용한 수저질을 했다.

더덕구이를 뒤집어 놓으며
주인은 빈 탁자를 자꾸 닦아냈다.
맑은 물에 건져낸 상추들이
소쿠리에 그렁그렁 담겨있고
이렇게 맛있는 밥을
아무도 사 먹으러 들어오지 않았다.
국물을 마시며
지나가는 누구라도 들여오고 싶었다.
국물이 맨밥처럼 목에 걸렸다.
이제라도 누가 유리문을 밀고
주인 내외의 밥을 위하여
저 찰진 밥그릇을 비웠으면.

거리는 비가 오고
밥이, 돈이 되거나 절망이 되는
세상의 밥상 앞에서
우리는 울고 싶거나 마음이 아팠다.

순한 사람이 되고 싶었다
- 천마산 조각 공원에서

주먹 같은 자갈이 푹푹 박힌 산길을 오른다.
날아다니는 몇 종류의 새들과
저 멀리 아득한 풍경,
우리가 사는 집을 본다.
차들은 더 이상 붕붕거리지 않고
점묘화처럼 삶이 한 점으로 찍혀
오랜 기억처럼 시간이 흐릿하다.

산이 나를 안는다.
꽃이 피고 흰 꽃이 피고
바람이 내달리는 산은 이제 축제다.
고단한 손을 내리고 꽃길을 걷는다.
눈물을 참고 살아온 날들이
햇빛 속에서 부서진다.

주먹 같은 자갈을 툭툭 차고
산길을 내려와
위로가 되는 자리에 앉았다.
나무는 나무대로 마음이 있어 보이고
바람은 바람대로 방향이 생각이다.

순한 사람이 되고 싶었다.

나무는 마음을 다해

우리 집 근처
집과 집 사이 비어 있는 땅
누군가 밤마다 몰래 버린 쓰레기와
해마다 유월이면
오디가 까맣게 익는
뽕나무 두 그루가 있고
어느 날 보면
슬며시 익어 가는 매실나무 있다.

사다리 걸쳐서 올라가고 싶은 내 마음이
오래되었는데
매일 바라만 보는 까닭은
유리 같은 도덕은 아니고
실뱀이나 지네가 덤불 속에 있지 않을까
있을 것이다, 라는 공포
눈에 보이지 않는 추측과 단정으로
오디는 땅바닥에 속절없이 후드득 떨어지고
말았던 것이다.

바라보지 않아도 꽃이 피고
나무는 마음을 다해

열매를 맺었다.

누가 저 갸륵한 정성을
안아주면 좋으련만
정말 알아주었으면 좋겠는데

밤마다 사다리를 타고 오르는
꿈을 꾼다.

풀은 베어져

장맛비가 끝나자 무성한 풀들이 베어졌다.
꽃보다 먼저 고개를 내민 놈
꽃밭을 풀밭으로 이사시킨 놈들이
하루 사이에 다 내동댕이쳐졌다.
꽃들은 풀보다 우선하지 않으며
꽃밭은 풀밭보다 우월하다고
스무 살 이후로 생각하지 않았다.
그러나
풀들은 베어져서
풀의 이름을 부르게 한다.
사람의 발자국을 따라서
풀의 비명이 걷어차이고
그날 그렇게
풀은 우리에게 왔던 것이다.

별을 찾아 가다

별을 보러 친구들이 몽골에 간다. 나는
내가 사는 집에서 가끔 밤하늘을 보는데
별을 본 적도 가끔 있고
달을 바라본 때도 어쩌다 있었다.
그냥 그런 것이었다.
잘 보이지 않는 별을 찾아
실눈을 뜨고,
토끼가 달에 있을까 하는
생각을 하고
보이는 것은 보이는 대로 생각을 하지만
보이지 않는 것에 대하여
대부분의 날들은 무심하였다.

나만큼 세월을 안아 든 친구들,
마음에 쏟아지는 별을 찾아가는데
알 수 없는 쓸쓸함이
그대들의 등 뒤로
별처럼 쏟아지고 있었다.

작가마을
시 인 선
060

나에게 묻는 나의 안부

이명희

• • •

삶을 견지하는 마음 한 자락

이병국
(시인, 문학평론가)

삶을 견지하는 마음 한 자락

이병국(시인, 문학평론가)

서늘한 감각

시적 서정은 동화의 감각으로 세계를 읽는 데 그 지향이 있다. 흔히 세계의 자아화라고 일컬어지는 서정은 시적 주체와 세계가 맺는 관계 방식을 가리킨다. 주체 외부의 정황이 환기하는 정서적 측면에 주목하고 이를 주체의 내면으로 가져와 사유함으로써 비롯되는 동일시의 감각. 이는 시인의 혹은 시적 주체의 경험적 일상을 면밀히 관찰하여 가시적 세계의 비가시적 영역을 탐구하는 층위로 나아간다. 이때의 비가시적 영역이란 존재의 심연에 자리하고 있는 불안과 연결된다. 그것은 명징한 세계와는 달리 불확실한 존재의 양태로 인해 비롯된 것일 수도 있다. 동화라는 자기 동일성에 입각하여 세계를 감각하려는 존재는 세계를 향해 자신을 투사하지만 돌아오는 것은 세계와 불화하는 자신의 어두운 그림자와의 마주침일 수 있기 때문이다. 이를 조금 뒤집어 보면, 명징하다고 생각되는 주체 바깥의 세계는 주체 내부의 불안을 야기함으로써 불가해한 것으로 전환되는 것이라고도 볼 수 있다. 어쩌면 이 불가해함으로의 전환이야말로 주체와 세계가 맺는 관계의 불편함을 차갑게 읽어낼 수 있는 계기가 되는 것인지도 모른다. 시적 주체가 세계에 자신을 투사하여 동화하고자 하는 데에서 비롯되는 불편함, 그곳에 잠재된 주체의 갈등과 균열을 형상화하는 것이 서정의 진면목은 아닐까.

그럼에도 서정시의 본류가 있다면 정황으로부터 길어올린 정동의 감각을 삶의 자세로 묘파하는 데 있을 것이다. 당연하게도 이때의 삶은 우리가 상상하는 이상적 삶과는 다르다. 그것은 실제의 삶이며 늘 결핍된 상태로 인식되는 것이 사실이다. 기실 정합적이고 합목적적인 시는 자연을 예찬하고 물아일체의 사상에 깃든 시절에 머물러 있을 따름이다. 결핍된 상태의 삶을 인식하며 쓰이고 있는 오늘날의 서정시는 권혁웅이 이야기했다시피 비정합적이고 변증법적으로 변했다. 주체와 세계의 접촉면을 살피는 데 머물러 있는 것이 아니라 그로부터 삶의 양태, 그 부정적이고 끓어오르는 삶의 단면을 형상화하는 데 오늘날의 서정시가 놓여 있는 것이다.

이명희 시인의 시집 『나에게 묻는 나의 안부』는 바로 이 지점에서 시작된다. 이명희 시인은 세계와 마주하는 주체의 정황으로부터 끓어오르는 정동을 통해 삶의 복잡

다단한 면을 가시화한다. 시집을 여는 「복어는 볼록거린다」에서 드러내는 것처럼 "내장처럼 은밀하게 숨은/골목 집에서 복국을 먹"는 시적 정황으로부터 비롯된 화자의 정동은 독을 품은 복어의 죽음에서 시작하여 "사람이 사람을 위협하고/고기가 고기를 위협하고/고기가 사람을 위협하는" 세계의 부조리를 경유하고 "이 뼈다귀 같은 세상"을 인지하는 데로 나아간다. 이는 세계 속에서 독을 품고 살아가야만 하는 삶의 양태를 가시화하며 우리에게 강렬한 인상을 남긴다. 시인은 이러한 인식을 통해 "거짓말 같지 않은 거짓말로" 자신을 속이며 "어제보다 행복할 계획"을 도모하고자 한다(「3월 31일」). 그러나 만우절을 앞둔 날의 다짐은 삶의 희망이 부재한 상황에서 화자가 선택할 수밖에 없는 간절함의 표명이면서 자신을 속여야만 겨우 얻을 수 있는 희망이라는 점에서 거짓의 되풀이에 불과할 따름이다. "부정하고 싶은 모든 것들에 대하여/내일 나는 그런 게 아니었다고/잊어 볼 계획"(「3월 31일」)이라고 되뇌는 '나'는 부정하고 싶은 모든 것을 결국 잊을 수 없으리라는, 그것을 삶의 방식으로 수용할 수밖에 없으리라는 것을 안다. 부정의 부정이라는 정동으로 삶을 붙잡아야 한다는 사실이 비극적으로 다가온다. 이 복잡한 감정은 어디에서부터 연유하는 것일까.

살아있음의 풍경

이명희 시인이 감각하는 세계는 "얼굴 없는 소리들"(「귀에서 소리가 난다」)로 가득하다. '얼굴 없음'은 실체의 부재를 의미한다. 실체의 부재는 소리의 실재를 분명하게 감각케 한다. 그러나 그 감각은 '나'에게만 한정되며 다른 이들은 그것을 느끼지 못한다. 그런 이유로 '나'의 감각은 소통되지도 공감을 불러오지도 않는다. 소리의 실재에 골몰하는 존재는 그것이 외부에서 비롯되는 것이 아니라 이명처럼 존재의 내부로부터 기원한다는 것을 인식하고 쓸쓸함에 휩싸인다. 이 쓸쓸함의 정동은 "방향이 없는 길 위에"(「저물어가는 아버지」) 놓인 고립된 주체의 존재 방식을 가시화한다. 장-뤽 낭시가 말한, 타자와 목적 없는 나눔을 나누고 함께 있음 자체를 나누는 관계가 불가능한 주체는 공동체 바깥으로 내몰리고 만다. 그런 상황에서 시인은 "삶은 언제나 거룩하게, 또는 장렬하게/굴러 떨어"진 것이라 여기며 "속절없는 인사만 가득"한 관계 속에서 살아가는 일을 "거짓말"이라고 맥락화한다(「생(生)은 언제나」). 자신이 처한 삶의 풍경을 바라보는 시인의 시계視界가 스산하기만 하다.

늙는다는 것은
버스정류장에 무거운 짐을 내리고
걸어가야 할 방향을 오랫동안 바라보는 것

잠시 가늠이 안 되고

잠시 걱정이 되지만

그래도 가야할 집이 있으니

무거운 짐을 껴안고

넘어지지 않도록, 천천히 걸어가야 하는 일

(중략)

청춘은 박살이 났고

강변역을 지나는 기차처럼

이제는 익숙해야 할 내 그림자의 자국들

늙음은 서둘러 내 풍경이 되었다.

– 「청춘은 멈추었고」 부분

　인용한 시에서 시인은 "늙는다는 것"에 대해 사유한다. 이는 "버스정류장에 무거운 짐을 내리고/걸어가야 할 방향을 오랫동안 바라보는 것"이라는 인식으로 이어진다. 삶은 무거운 짐을 지고 나아가야 하는 일이지만 그 목적이 무엇인지 알 수는 없다. 삶의 여정은 충만한 기쁨으로 물들기보다 가늠할 수 없어 걱정되는 스산함으로 다가온다. 하이데거식으로 말하자면 우리가 피투된 존재이기 때문일 것이다. 그럼에도 삶은 기투의 영역이라서 마냥 절망할 이유가 없는 것도 사실이다. "청춘은 박살이 났"다고 말하는 '나'는 기실 청춘이 지닌 젊음의 상실에 절망한 것이 아니다. 오히려 "생각 없이 하대하였"던 젊음을 허비한 듯한 기분을 반성적으로 전유하여 겹겹의 주름으로 몸에 새겨진 시간의 층위를 겸허히 수용함으로써 늙음을 감싸 안으려는 능동적 응대를 수행하는 듯 보인다. "아침저녁으로 늙고 있"는 '나'에게 안부를 묻는 행위는 "자주 고장이 나는 손발과/흐린 눈동자"를 지닌 '나'를 품어 시간의 결을 어루만지고자 하는 데로 이어진다. "익숙해져야 할 내 그림자의 자국들"을 거짓으로 여길 수 없는 이유도 여기에 있다. 이러한 시간의 결이 '나'라는 개인에게만 특수하게 주어진 게 아닌 보편적 생의 순리이기 때문일 것이다. 그러니 "무거운 짐을 껴안고/넘어지지 않도록, 천천히 걸어가야 하는" 것은 당연한 일이다.

　삶이라는 길을 걷는 모든 순간을 경이로 체감하기 어렵다는 것을 우리는 안다. 또한 "내일이면 찬란하고 기대할 수 있는 희망"(「함께 아침을 걷다」)이 젊음의 시기에만 있다고 여기지도 않는다. 젊음은 향유할 가치가 있지만, 그것을 삶의 풍경으로 관조하기 위해서는 그 시기로부터 어느 정도 벗어나야만 한다. 쥐고 있을 때는 쥐고 있는 것의 실체를 볼 수 없다. 쥔 손을 펴 그것을 객관화할 수 있을 때 비로소 그것의 실체를 볼 수 있다. 물론 그것이 모래와 같이 손가락 사이로 빠져나갈 수도 있겠다. 그러나 "어디쯤에서 손바닥을 접고 내릴 것인지"(「버스 안에서」) 결정하지 않거나 "모든 것을 버린 날"(「모든 것을 버렸다」)의 여백을 품어본 적 없다면 일상적 경험 속에서 삶이 이룩한 경이를 온전히 느낄 수는 없을 것이다. 이명희 시인이 표상하고 있는 삶의 풍경이 스산할지언정 절망적이지 않은 이유가 여기에 있다. 오히려 내리고 버린 연후에 시작하는 삶의 풍경이 '나'를 새롭게 펼치는 것만 같다.

마당의 오후
참형의 시간이 누워 있는 공간으로
습한 바람이 불어오고
이웃집 얼굴이 인사를 보냈다.
별일 없지요, 잘 있어요?
나는 환하게 웃으며 고개를 끄덕였다.
죽음이 별일이 아니고
그냥, 살아있음이
잘 있다는 안부가 되는
거짓부렁 내 생존.

−「거짓부렁 내 생존」부분

지렁이처럼 무참히 밟히지도 않고
산비탈 나무처럼
뿌리째 뽑히지는 않지만
사람으로 살아가는 것은
밟히는 지렁이보다,

뿌리째 뽑힌 나무보다

죄가 무겁다.

– 「산다는 것」 전문

  이명희 시인의 시집을 아우르는 생의 감각은 "살아있음" 그 자체에 녹아있다. 당연하게도 이 '살아있음'은 피투된 채로 수동적인 상태에 머물러 있는 것이 아니다. 시인에게 "살아가는 것" 그중에서도 "사람으로 살아가는 것은" 사람이 아닌 존재의 죽음을 원죄로 끌어안고 진행되는 것처럼 보이기도 한다. 「거짓부렁 내 생존」에서 지네를 죽이곤 "참형의 시간"을 맞이한 '나'는 이웃의 "별일없지요, 잘 있어요?"라는 안부에 "환하게 웃으며 고개를 끄덕"인다. 지네를 죽이는 행위가 주체의 폭력을 재현한 것은 아니지만, 지네의 죽음에 영향을 받지 않는 '사람'의 삶을 다르게 바라보도록 이끄는 것도 사실이다. "죽음이 별일이 아니"라고 여기는 마음, 죽음이라는 절대적 타자 앞에서 그 어떤 동일성의 감각을 취하지 않는 잔혹함은 어딘지 불편하기만 하다.

  이러한 불편함은 지네와 사람의 관계를 넘어 어떤 위계를 당연시하게 받아들이는 데 있다. "밟히는 지렁이"와 "뿌리째 뽑힌 나무"를 저항감 없이 받아들이는 것은 이 세계에 존재하는 것들의 위계를 내면화했기 때문일 것이다. 지네와 지렁이를 죽이고 나무를 뽑는 것처럼 대상을 착취하는 일은 사람의 생존과는 관계가 없다. 그럼에도 이루어지는 죽임의 수행은 인간이 점유한 지위를 공고히 하는, 저 인본주의적 이데올로기의 부정형인 셈이다.

사소한 행위로 간주되는 착취와 폭력의 양태는 사람의 생존을 거짓으로 전락케 한다. "죽음이 별일이 아니"라고 여기는 것은 '살아있음'을 무거운 죄로 만드는 일이다. 그렇기 때문에 산다는 것은 '나'의 바깥에서 이루어지는 죽음을 애도하며 삶을 구성하는 부분으로 수용하는 태도를 견지해야만 비로소 가능하다. "살아있는 목숨들끼리/같은 하늘 위에서/날개를 퍼덕이며 목 놓아"(「까마귀는 춤을 춘 거다」) 울면서 죽음을 애도하고 생명의 장엄함을 증거하는 일이야말로 삶이라는 길을 걷는 피투된 존재가 무력감을 떨쳐내고 새롭게 삶의 풍경을 기투해 나가는 계기가 될 것이라고 이명희 시인은 역설하는 듯하다.

다행한 일

그럼에도 시인은 나뭇잎이 떨어지듯 빠지는 머리카락을 보며 "살아가는 일이,/내게 희망인가/절망인가/나는 정말 모르겠다"(「나는 모르겠다」)고 읊조린다. 정말 나이가 들수록 삶은 위축되고 밑바닥으로 내동댕이쳐지는 불합리한 전락을 강요받는 것인지도 모르겠다. '세월'의 힘을 단호하게 거부할 수 있다면 좋으련만 시간은 존재의 편에서 기운을 북돋아 주질 않는다. 그러나 시간이 구성해낸, 생물학적으로 나이 든 존재의 삶은 고정된 것이 아니다. 오히려 존재를 구성하는 기원으로서의 시간은 삶의 여러 범주가 결합하여 서로 다른 의미 맥락을 형성하는 메커니즘으로 작용해 다양한 층위의 풍경을 만끽하게도 한다. 그 풍경은 오랜 시간 분할하고 점유한 삶의 장소를 통과해 온 과정을 포괄하며 헤겔적인 절대성의 차원에서 평범한 삶 자체가 주는 숭고함과 그로부터 비롯된 깨달음을 현시하기 때문이다. 그러므로 "모질고 질긴 덩굴 같은" 일상적 경험이 빚어낸 충만함으로 채워진 존재의 "살아있음은 다행한 일"이 될 수밖에 없다(「강물 앞에 서다」).

마트 앞에서

상추와 쪽파를 파는 할머니 두 사람

200미리 흰 우유 곽을 들고

한 사람은 권하고

한 사람은 사양을 하고

그렇게 오랫동안 마음을 나누었다.

시간을 놓친 끼니의 허기가

좌판에 놓이고

드디어

한 모금 깊은 우유의 향기

노쇠한 목젖을 타고 흐를 때

두 사람은 행복하게 웃었다.

– 「흰 우유에 대한 믿음」 전문

우리의 어느 하루,

햇빛 가득한 여름날

사람의 인심은 볼품없이 접시에 누워 있고

바람은 넉넉하게 불었다.

우리는 꽃밭을 중얼거리며

사람의 일을 이해하기로 마음먹었다.

– 「이해하기로 한 일」 부분

　마트 앞에서 두 명의 할머니가 우유를 권하고 사양하는 풍경은 풍요로움으로 가득하다. 시인의 경험적 일상이 포착하고 있는 이 풍경은 "시간을 놓친 끼니의 허기가" 존재를 부정의 양태로 전락하지 않도록 서로를 이끄는 "노쇠한 목젖"의 환희로 충만하다. 이는 낯익은 경험과 대비되는 것으로 고정된 감각을 무너뜨린다. 즉 노쇠함이 주는 고정된 생각으로부터 벗어나 타자의 시선으로 정황을 다르게 인식케 한다. 그런 이유로 저 두 할머니의 평범한 행위가 꼭 나이 든 데에서 비롯하는 것은 아니겠지만, 삶을 살아낸 시간을 보듬고 나누며 서로를 절대적인 환대로 포용하는 숭고임은 분명하다. 별거 아닌 것처럼 보이는 저 순간을 삶의 풍경으로 감각하면서 이명희 시인은 새로운 기대지평으로 삶을 재정립하는 통찰을 부려놓는다.

　나아가 이 통찰은 식당에서 주문한 파전이 "빈 젓가락질로 허기를 깨작거릴" 만큼 빈약한 "사람의 인심"을 볼 품없이 펼쳐놓더라도 그것을 책망하기보다는 경제적 이익을 우선시하는 냉혹한 현실을 비판하며 그와 대비되는 자연의 풍경을 나란히 놓음으로써 "사람의 일을 이해하"는 넉넉함으로 이어진다. 기실 식당에서 내온 파전의 부실함이 인심과는 무관하게 물가의 상승으로 인한 일이라 할지라도 그와 같이 비틀린 현실을 정상적이고 투명한 것이라고 강요받을 이유는 없다. 물론 이윤을 추구하는 비루한 행위에 깃든 거짓을 적나라하게 들추어낼 필요도 없을 것이다. 하나의 생존 전략이라고 불만을 토로하거나 일회성에 그칠 보복으로 감정적 반응을 할 것도 아니다. 점점 발칙해지고 영악해지는 세계를 살아가는 일이 사람의 일이라면 그것을 이해하는 넉넉함이야말로 어찌 보면 시간이 우리에게 주는 현명함인지도 모르겠다.

　"어쩌지도 못하는 일에 화를 내거나 머리를 처박고 깊이 절망하는 시간에 묻혀서" "피로한 일상을 허우적거리며" 살면서 스스로를 "다정한 사람이 되지 못하였"다고 "마음에 생채기를 내"는 자신을 반성하는 것은 중요한 일이다(「어쩌지도 못하는 것을」). 그러나 어쩌지 못하는 것에 매몰된 채 불안을 등에 짊어 메고 삶의 무게를 견뎌내는 것이 평범한 우리 삶의 본질인지도 모를 일이다. 그럼에도 그 견딤이 부조리함을 회피하려는 기만이 되지 않도록 "세월의 깊이를 가늠하며/스스로 거리를 두고 선 나무처럼"(「햇빛에 손을 높이 올리고」) 냉정한 시선을 견지할 필요도 있는 것이다.

별을 보러 친구들이 몽골에 간다. 나는
내가 사는 집에서 가끔 밤하늘을 보는데
별을 본 적도 가끔 있고
달을 바라본 때도 어쩌다 있었다.
그냥 그런 것이었다.
잘 보이지 않는 별을 찾아
실눈을 뜨고,
토끼가 달에 있을까 하는
생각을 하고
보이는 것은 보이는 대로 생각을 하지만
보이지 않는 것에 대하여
대부분의 날들은 무심하였다.

나만큼 세월을 안아 든 친구들,
마음에 쏟아지는 별을 찾아가는데
알 수 없는 쓸쓸함이
그대들의 등 뒤로
별처럼 쏟아지고 있었다.

— 「별을 찾아 가다」 전문

별을 보러 몽골에 간 친구들과는 다르게 '나'는 지금 사는 집에서 밤하늘을 보며 별을, 달을 "어쩌다" 바라본다. 이는 특별하게 수행해야 할 무엇이 아니라 평범한 일상 속에서 영위되는 행위라서 가외의 마음과 시간을 마모시키지 않아도 된다. 멀리 있는 별과 달이지만, 그것은 여기에서도 충분히 마주할 수 있기에 "바라보지 않아도 꽃이 피고/나무는 마음을 다해/열매를 맺"는 것처럼 자연의 "갸륵한 정성"(『나무는 마음을 다해』)을 알아주는 일은 "어쩌다" 무심한 듯 이루어진다. "보이는 것은 보이는 대로 생각"하고 "보이지 않는 것에 대"해서 생각하지 않는 것은 "대부분의 날들"의 일로 무심히 넘겨도 될 일이다. 심각하게 여기지 않는다고 해서 일상이 파탄에 이르거나 마음을 폐기해야 할 일이 벌어지지는 않는다. 다만, "마음에 쏟아지는 별을 찾아가는" 친구들과는 달리 남아 있는 '나'를 잉여로 여기는 쓸쓸함은 감내해야 할 몫으로 남는다.

삶이란 "찬 바닥 시린 등뼈"(『겨울 저녁이었다』)에 밀착해 있으며 금방이라도 휘몰아칠 혹한에 내몰릴 수도 있겠지만, 한편으로 "기다리지 않아도 봄은 오고/또 그렇게 살아가면 되는"(『기다리지 않아도 봄은 오고』) 일임을 시인은 오랜 경험에 바탕을 두고 역설하고 있다. 비가 오는 날 아침 우산을 나눠 쓴 남학생을 바라보며 잃어버린 무언가를 상상하면서도 미래의 희망을 그에게 투영하며 다양한 삶의 가능성을 축복하는 것처럼 말이다(『함께 아침을 걷다』). 이러한 '나'의 정동은 "살아있음이 즐겁거나/혹은 가슴 저리는"(「겨울 저녁이었다」) 삶이 지닌 복잡한 층위의 사정과 연관되어 있는지도 모른다. 그 사정이야 알 수 없는 노릇이겠으나 시계를 고쳐 시간을 재생시키는 남자처럼(「시간이 되었다」) 자신의 시계視界를 고쳐 삶에의 인식을 재정립하고자 하는 시인의 시적 분투를 상상하기는 어렵지 않을 것이다. 이는 삶의 모든 순간을 끌어안는 행위이자 개별적 존재의 특수성을 소거하며 새로운 보편성의 지평을 확립하고자 하는 시인의 시적 수행이라 할 수 있다.

마음 한 자락을 품다

산다는 것이 무거운 죄를 짊어진 거짓부렁 같은 자신을 감당하는 일임은 분명하다. 그러나 대다수 존재는 그러한 혼란 속에 자신의 삶을 방치하거나 그럴싸한 기만으로 회피하려 들지 않는다. 가시적 세계의 불가해함을 살아가는 우리의 비가시적 정동을 삶의 자세로 묘파하는 이명희 시인의 시는 삶의 불투명성을 에테르처럼 떠도는 분위기에 한정하지 않고 그 불확정성의 불안을 반복해 환기함으로써 시간을 겪어내는 삶에의 사유를 깊이 있게 기록한다.

이명희 시인의 시집 『나에게 묻는 나의 안부』를 읽고 나면, 청춘이 다하고 "손가락 사이로 햇빛이 생각 없이 빠져 나"(『청춘은 멈추었고』)간다 해도 "때때로 모든 것은/어수룩한 짐작과 판단의 허를 찌"르며 꽃을 피우며 빠져나가는 "햇빛의 힘을 빌려/날마다 동글동글해" 지는 것이 우리네 삶의 방향이 아닐까 생각해 본다.

시인은 다짐한다, "지나간 일은 심장을 파먹는 한이 있어도 돌아앉아 기억하지 말"자고. "후회하지 말자고 그렇게는 살지 말자고 약속을 걸었다. 발부리가 시퍼렇게 멍이 들어도 걸어가야 했다면 돌아오는 길을 믿어보자고 그렇게 맹세" 한다(『주문을 외웠다』). 이 다짐이 시간을 관통하고 도달한 자리에서, 지나온 삶을 불행한 장면으로 겹쳐놓거나 고통에 겨운 무엇으로 부정하는 것이 아님을 우리는 안다. 이명희 시인의 시가 그려내는 시적 서정은 시간의 흐름 속에서 체감하게 되는 어떤 불화를 지나칠 만큼 집요하게 반추함으로써 분명하게 말할 수는 없더라도 곱씹으며 배어나게 하는 감정적 소요, 그 이후에 오는 어떤 깨달음으로 나아간다. 그리하여, 후회하며 회피하는 삶이 아니라 세월이 새긴 멍을 끌어안고 나아가는 삶을 믿는 마음과 끊임없이 "오늘도 무엇을 위해/나는 살아있는 것일까"(『냉이 꽃이 피었다』) 자문하고 성찰함으로써 자기부정을 극복하며 삶을 길어 올리는 희망의 양태와 평온의 균형을 스스로 깨뜨리며 전전긍긍하기보다는 길을 잃더라도 그 "길의 내밀한 속성에 맞추어/뿌리와 잎을 내리"(『꿈을 팔다』)고자 하는 꿈의 지향에 닿는다. 비록 그것이 한없는 쓸쓸함 속에 존재를 내몰지라도 말이다.

이명희 시인은 그로부터 얻게 될 마음 한 자락을 삶의 한 부분으로 기꺼이 끌어안으며, 살아간다는 것의 숭고함을 온 마음으로 재현하고 있는 것이다.

작가마을 시인선

작가마을 시인선